L.O.L. SURPRISE!™

W0382628

Novélisation : Catherine Kalengula.
Conception graphique : Claire Kocik.
Mise en pages : Clémentine Lemoine.

Hachette Livre, 58, rue Jean-Bleuzen, 92178 Vanves Cedex.

L.O.L. SURPRISE!™

Rivales d'un jour

hachette
JEUNESSE

L.O.L. SURPRISE!™

Bienvenue dans le monde des L.O.L. SURPRISE !, un monde où le jeu et les B.B. ont la priorité ! Es-tu prête à découvrir ta nouvelle bande d'amies ?

Ice Sk8er

Club Athlétique

Quand Ice Sk8er débarque sur ses patins à glace, attention les yeux ! Ça déménage… et ça brille de mille feux !

Figure 8

Club Chill Out

La meilleure amie d'Ice Sk8er est aussi sa plus grande rivale. Sa passion, dans la vie ? La compétition !

Snow Jamz

Club Glam

Avec ses cheveux en forme de pompons et son col en moumoute, Snow Jamz a tout d'une vraie montagnarde.

Miss Snow

Club Glam

Sur la glace comme sur la neige, Miss Snow ne quitte jamais son écharpe de miss. C'est la plus glam des patineuses !

Ice Ice B.B.

Club New Kids

Ice Ice B.B. est la présentatrice des Jeux olympiques des B.B. Et elle prend un malin plaisir à crier dans son micro !

Dreamin' B.B.

Club Storybook

Dreamin' B.B. adore qu'on lui raconte des histoires, surtout quand elles parlent d'hiver, de neige et de froid.

D’un côté, on a la B.B. n° 1 : Ice Sk8er, du club Athlétique. Elle porte une couronne de tresses roses sur la tête – plus pratique pour patiner à toute vitesse ! Elle a aussi une robe avec des nœuds, roses également. Son rêve : devenir une grande championne, un jour !

De quoi ? De patinage, bien sûr ! Elle ne vise ni la deuxième ni la troisième place, ça non, surtout pas ! Elle, ce qu'elle veut, c'est monter sur la première marche du podium. Et accompagnée d'un tonnerre d'applaudissements, évidemment !

De l'autre côté, on a la B.B. n° 2 : Figure 8, du club Chill Out. Elle a plein de jolies petites tresses roses et violettes et une allure super dynamique. Sa passion, dans la vie ? Les compétitions de patinage ! Elle déteste tout simplement ce verbe : perdre. À ses oreilles, il est atroce, horrible, abominable. Elle voudrait le rayer du dictionnaire, tiens ! En attendant de pouvoir le faire, elle a pris une grande décision : ne jamais le prononcer de toute sa vie. Ja-mais !

Ice Sk8er et Figure 8 se connaissent depuis l'école maternelle. Elles ont pris leur première leçon de patinage ensemble. Et depuis, elles sont amies. Des amies un peu spéciales, qui se lancent sans arrêt des défis, pour un oui ou pour un non. Lorsqu'elles étaient petites, c'était à celle qui finirait son assiette le plus vite, à la cantine, à celle qui réussirait à effrayer la maîtresse, ou à celle

qui aurait les meilleures notes. Elles ont grandi, mais rien n'a vraiment changé. Les deux copines transforment absolument TOUT en compétition.

Cet après-midi-là, elles doivent se retrouver à la patinoire pour une séance d'entraînement. Mais voilà qu'elles se croisent par hasard dans le centre-ville. Pour elles, l'occasion est trop belle !

– Celle qui arrive la dernière est une vieille doudoune trouée ! lance Figure 8.

– Hé, hé ! lui répond Ice Sk8er. Prépare-toi à perdre, vieille doudoune !

Elles se regardent avec un air de bravade, prêtes à s'élancer. Comme c'est elle qui a eu l'idée, Figure 8 lance le compte à rebours.

– 3… 2… 1… partez ! hurle-t-elle en pleine rue.

Tant pis pour les B.B. qui se trouvent sur leur chemin, elles n'ont qu'à se pousser. Car ni l'une ni l'autre ne compte perdre. Elles filent sur le trottoir, en direction de la patinoire. Une poubelle

droit devant ? Pas grave ! Figure 8 bondit par-dessus, et puis c'est tout ! Une plaque d'égout mouillée ? Parfait pour Ice Sk8er qui fait une magnifique glissade et repart dare-dare.

Enfin, la patinoire est en vue. Les deux amies sont au coude à coude. Qui va gagner ? Soudain, sans crier gare, Figure 8 s'arrête. Ice Sk8er n'y comprend rien : son amie, abandonner un défi ? Impossible ! Mais alors, qu'est-ce qui se passe ?

– Tu t'es fait mal quelque part ? s'inquiète Ice Sk8er.

– Qui ça ? Moi ? réplique sa copine. Jamais de la vie ! De toute façon, ça ne m'empêcherait pas de gagner. Non, regarde !

Elle désigne une immense banderole, suspendue à l'entrée de la patinoire.

« Sportives et sportifs, venez tous participer aux grands Jeux olympiques d'hiver des B.B. ! »

Les yeux de Figure 8 s'illuminent pile au même instant que ceux d'Ice Sk8er. Sans attendre, elles vont voir le responsable de l'événement et s'inscrivent dans la catégorie patinage, en compétition individuelle.

De retour au chalet, devant un bon feu de cheminée, les amies compétitrices ne pensent qu'à une chose : les Jeux olympiques. Elles se voient déjà avec une belle médaille d'or autour du cou.

Et, cette fois, pas question de s'entraider. Les deux copines n'ont pas l'intention de se partager la victoire.

– À partir de maintenant, c'est chacune pour soi ! déclare Figure 8.

– Cent pour cent d'accord ! approuve Ice Sk8er.

Sur ces mots, les deux rivales échangent un regard plein de défi…

Les Jeux olympiques d'hiver ont lieu dans un mois. Cela leur laisse tout juste le temps de se préparer comme il se doit ! Chacune des deux copines s'entraîne de son côté… et dans le plus grand secret. Le souci, c'est qu'il n'y a qu'une seule patinoire, au chalet !

Un matin, Ice Sk8er se lève très tôt pour pouvoir en profiter la première. Aucune autre B.B. n'est encore réveillée. C'est l'occasion ou jamais !

Afin de remporter la médaille d'or, elle compte bien se donner à fond et inventer un numéro spécial. Sauf que, pour l'instant, elle n'a pas trop d'idée ! Elle glisse, toute pensive, sur la glace.

– Hum, qu'est-ce que je vais bien pouvoir

faire ? s'interroge-t-elle. Il faudrait un truc génial, un truc qui claque, qui laisse les juges complètement baba. Et qui me permettrait de gagner la médaille d'or, évidemment ! Mais quoi ?

Ça commence à vraiment l'inquiéter.

Si elle ne trouve pas très vite une idée, Figure 8 va la battre à plate couture, c'est sûr !

Alors qu'Ice Sk8er soupire encore et encore, son amie apparaît sur la terrasse du dernier étage. Chercherait-elle à l'espionner, par hasard ? De toute façon, il n'y a pas grand-chose à observer, puisque Ice Sk8er est figée comme un bonhomme de neige, au bord de la patinoire !

– Rôôô, mais qu'est-ce qu'elle fait ? murmure-t-elle, les yeux levés vers son amie.

Figure 8 semble lancer quelque chose dans les airs. Oh, tiens, des paillettes ! Une fois sa tâche terminée, elle rentre dans le chalet, mine de rien.

Ice Sk8er réfléchit.

– Peut-être qu'elle voulait faire scintiller la neige ? imagine-t-elle. Mais non, c'est bête ! La neige brille déjà… Pourquoi jeter des paillettes, alors ?

Elle ne trouve pas de réponse à sa question. En revanche, le geste étrange de Figure 8 lui donne une super idée de numéro !

Un peu plus tard, c'est au tour de Figure 8 de profiter de la patinoire du chalet. Elle a attendu d'être seule, pour pouvoir s'entraîner à l'abri des regards indiscrets. Il est encore tôt et il fait très froid, mais cela n'a aucune importance : Figure 8 adore ça ! Ce qu'elle aime moins, c'est le manque d'inspiration. Que pourrait-elle inventer pour captiver les juges ?

– Il faudrait un truc super, un truc qui claque, qui laisse le public sans voix. Et qui me permettrait de gagner la médaille d'or, évidemment ! Mais quoi ?

Tandis qu'elle commence à désespérer, une silhouette descend du haut du chalet, par le télésiège.

Ça alors, c'est Ice Sk8er ! Chercherait-elle à l'espionner, par hasard ? De toute façon, il n'y a pas grand-chose à regarder, puisque Figure 8 reste plantée sur la glace comme un bâton de ski dans la neige !

– Le petit déjeuner est servi ! hurle Ice Sk8er.

Figure 8 remarque que son amie tient quelque chose entre ses mains. Un plateau recouvert de tasses de thé. Ça lui donne faim, mais pas seulement. Ça lui donne aussi une super idée pour son numéro…

Les Jeux olympiques d'hiver des B.B. approchent à grands pas ! La tension est si forte que les deux compétitrices ne s'adressent presque plus la parole. Chacune d'elles reste con-cen-trée. Et très occupée, aussi ! Pour espérer gagner, il faut énormément s'entraîner.

La veille du grand jour, pourtant, elles se croisent dans le salon du chalet. Difficile de s'ignorer, quand on tombe nez à nez !

– Euh, salut, balbutie Figure 8, gênée. Ça va ? Tu es prête pour la compétition ?

– Coucou, lui répond Ice Sk8er, tout aussi embarrassée.

Oui, je suis prête. Je vais faire un nouveau numéro. Un truc que personne n'a encore jamais vu. Et toi ?

– Pareil, réplique son amie. Bon, ben, je te dis bonne chance pour demain !

Au fond, elle se sent triste. Elle aurait aimé pouvoir en dire plus à son amie.

– Merci, bonne chance à toi aussi, lui souhaite Ice Sk8er avec un petit sourire.

Elle aurait adoré pouvoir discuter de son numéro avec sa copine. Elle est certaine que Figure 8 lui aurait donné d'excellents conseils. Et puis elles se seraient bien amusées, à s'exercer ensemble, au lieu de le faire chacune de son côté.

Hélas, une médaille d'or, ça ne se coupe pas en deux, n'est-ce pas ?

C'est le grand jour ! Une foule de spectateurs surexcités se rassemble au chalet. La présentatrice des Jeux olympiques a les cheveux verts et elle ne quitte presque jamais ses gros cache-oreilles tout

doux : il s'agit d'Ice Ice B.B., du club New Kids ! Elle adore animer des compétitions d'hiver. La neige, le froid, la glace, c'est son truc.

Et elle adore aussi parler à travers le petit micro dissimulé dans son col à moumoute. Ça l'amuse beaucoup !

– Bonjour, les *amiiis !* crie-t-elle à tue-tête. Et bienvenue à l'épreuve de *patinaaage !*

Avec une voix pareille, au moins, personne ne risque de manquer le début de la compétition ! Espérons quand même qu'elle ne déclenche pas une avalanche… Hum, hum.

– Dans la catégorie artistique libre, deux concurrentes sont en lice ! annonce-t-elle. La talentueuse Ice Sk8er et la très douée Figure 8 ! Qui va remporter la médaille d'or ? *Mystèèère !* Applaudissez-les bien *fooort !*

Dans les coulisses, les amies ont le cœur qui bat à mille à l'heure. Le grand moment est venu. Elles vont enfin savoir qui est la meilleure patineuse…

Il est temps d'entrer en piste sur la patinoire. Juste avant, les deux amies se sourient.

– Celle qui arrive en dernière place est un vieux patin rouillé ! lance Figure 8.

– Hé, hé ! lui répond Ice Sk8er. Prépare-toi à perdre, vieux patin !

Ice Ice B.B. appelle la première concurrente.

– Cher public, je vous prie d'accueillir… *Ice Sk8errr !* hurle-t-elle à pleins poumons.

La patineuse arrive sous un flot d'acclamations.

Et c'est parti ! D'abord, une belle pirouette sur elle-même – ça produit toujours son petit effet. Ensuite, le clou de son numéro : un jeter de paillettes ! C'est Figure 8 qui lui a donné cette idée, l'autre jour.

– Oh là là ! s'exclame la présentatrice. Mais quel show époustouflant, mes *amiiis !*

Et hop, une autre pirouette scintillante… pour obtenir une tenue entièrement pailletée ! Les spectateurs n'ont jamais vu une prestation pareille. Cependant, ce qui compte,

pour gagner, c'est surtout l'avis des juges. Il y a Snow Jamz, du club Glam, avec ses pompons de cheveux roses ; Miss Snow et sa chevelure semblable à une petite montagne de glace, du club Glam également ; et enfin

Dreamin' B.B., avec sa jolie petite robe rayée, du club Storybook.

Bam ! Les notes tombent… Pour Snow Jamz et Dreamin' B.B., le numéro pailleté d'Ice Sk8er mérite un 10 sur 10. Pour Miss Snow, c'est « seulement » un 9. De très belles notes !

La concurrente est toute contente.

– Et maintenant, crie Ice Ice B.B., *voiciii… Figuuure 8 !*

Vague d'applaudissements.

Ice Sk8er a été géniale, mais Figure 8 n'a pas dit son dernier mot. Elle a une petite surprise en réserve…

Ou plutôt un agréable petit déjeuner !

Elle entre à son tour sur la patinoire, une théière et trois tasses à la main.

Et hop, un tour sur elle-même. Pas mal. Mais attendez, ce n'est pas terminé !

Une arabesque à droite, sur un pied. Une autre à gauche. Voilà que la patineuse fait un saut. Les tasses et la théière s'envolent dans les airs !

Les spectateurs sont effarés… jusqu'à ce que les tasses pleines de thé atterrissent pile devant les juges, qui n'ont plus qu'à les déguster. C'est incroyable... et c'est Ice Sk8er qui lui a donné cette idée !

– Quel numéro époustouflant, mes *amiiis !* commente Ice Ice B.B. Alors, qu'en ont pensé nos *juuuges ?*

Tout le monde tourne la tête vers les trois B.B. Les notes ne tardent pas à tomber. Ce sera un 10 sur 10 pour Snow Jamz et Miss Snow, et un 9 sur 10 pour Dreamin' B.B.

Autrement dit, les deux concurrentes sont à égalité !

Figure 8 et Ice Sk8er n'avaient pas prévu ça ! Pas plus que le jury, d'ailleurs. La situation est vraiment problématique. Comment les départager ? Tandis que les juges vérifient le règlement du concours et réfléchissent aux prestations des

concurrentes, celles-ci patientent dans les coulisses.

– Tu m'as épatée avec tes tasses de thé ! déclare Ice Sk8er. Tu mériterais de gagner !

Ses paroles touchent son amie en plein cœur. Elle sait à quel point Ice Sk8er rêve de la médaille d'or.

– Tu sais, c'est toi qui m'as donné cette idée, confie-t-elle. L'autre matin, tu es descendue sur le télésiège avec un plateau de petit déjeuner.

– En fait, je me suis dit que ça t'aiderait, avoue Ice Sk8er, tête baissée. Je voyais bien que tu étais en manque d'inspiration. Et quand j'ai préparé le petit déj', j'ai eu une idée. L'une des rares fois où tu m'as battue, c'était pendant un concours de jonglage. Alors je me suis dit que tu

pourrais peut-être jongler avec des tasses.

Figure 8 n'en croit pas ses oreilles !

– J'ai fait la même chose, avec les paillettes ! s'exclame-t-elle. J'ai pensé que ça pourrait peut-être te donner une idée pour ton numéro. Je sais que tu adores les trucs qui brillent…

Là, c'est Ice Sk8er qui manque de tomber à la renverse. Alors, comme ça, malgré leur immense envie de gagner, elles ont quand même voulu s'aider mutuellement ?

Voilà ce qui s'appelle une belle preuve d'amitié…

Juste après, elles entendent Ice Ice B.B. crier dans son micro.

– Aïe aïe aïe, les amis, c'est la *cataaa !* Les juges n'arrivent pas à départager nos deux concurrentes ! Il n'y aura donc pas de *gagnaaante !*

Les copines se regardent, l'esprit traversé par la même idée.

– On y va, vieux patin ? demande Figure 8, avec un clin d'œil.

– Ça marche, vieille doudoune ! approuve Ice Sk8er, en souriant jusqu'aux oreilles.

C'est ensemble qu'elles regagnent la patinoire, et ensemble qu'elles s'élancent.

Hop, Figure 8 bondit sur la main tendue d'Ice Sk8er. Grâce au talent de celle-ci, son amie réussit à tenir en équilibre ! Quel magnifique numéro !

– Oh non, les *amiiis !* hurle Ice Ice B.B. Mais regardez ça ! C'est… c'est… Je n'ai pas de *mooot !*

Applaudissements, acclamations, le public est ébahi. Les juges aussi. Tant pis pour le règlement, qui prévoyait une

compétition en solo. Figure 8 et Ice Sk8er remportent le premier prix, en duo ! Ice Ice B.B. leur remet la coupe.

– Dommage, je croyais que ce serait une médaille d'or, regrette Ice Sk8er.

– Désolée, compatit Figure 8. Mais c'est quand même très chouette, non ?

– Carrément ! confirme son amie. On se la prêtera une semaine sur deux ?

Figure 8 hoche la tête.

– Ça me va !

– Vous avez été vraiment *géniaaaaales !* s'époumone l'animatrice.

Les deux copines l'observent, sourcils froncés.

– Dis, Ice Ice B.B., pourquoi tu cries comme ça ? lui demande

Ice Sk8er. Les Jeux olympiques sont terminés, et on est juste à côté de toi, tu sais. Tu vas finir par nous rendre sourdes !

– Quoi ? demande Ice Ice B.B. sur le même ton, avant d'ôter ses cache-oreilles.

– Je disais : tu vas finir par nous rendre *soourdes !* répète la patineuse encore plus fort.

– Mais pourquoi tu cries comme ça ? s'étonne la présentatrice, qui a retrouvé sa voix normale.

Voilà pourquoi elle hurlait tout le temps : elle n'entendait rien à cause de son accessoire ! Figure 8 et Ice Sk8er se regardent, avant d'éclater de rire…

Fin